13TH
JOURNEY
IT'S THE JOURNEY NOT
THE DESTINATION

It's the Journey not the Destination 3

ドーン
ZAPP
...
HAHA
...

WAS ...
... IST PLÖTZLICH LOS?
ZAAA
NAOTO ...
WAS EMPFINDEST DU FÜR MICH?
WAS ICH FÜR DICH EMPFINDE?
HASST DU MICH?
HÄ? NEIN, TUE ICH NICHT.
WIR SIND DOCH FREUNDE.
...
ICH HATTE TATSÄCHLICH VORGEHABT...
ICH HATTE GEDACHT ...
... ICH MÜSSTE NUR DAFÜR SORGEN, DASS DU UND HASE EUCH TRENNT...

DARUM HABE ICH DAS FOTO GEMACHT ...
... UND DICH BEI HASE VERPETZT.
... IHN AUS PURER EIFERSUCHT ZU ZERSTÖREN, ABER...
WENN ALLES NACH PLAN LIEFE, WÄRE ES ZWISCHEN EUCH AUS...
... UND DAMIT ALLES GUT, GLAUBTE ICH.
... JE MEHR ZEIT ICH MIT NAOTO VERBRACHTE...
ICH BIN EIN NOCH VIEL ÜBLERER KERL, ALS DU GEDACHT HAST.
ALSO...
... DARFST DU MICH RUHIG HASSEN.
Gelöscht
... DESTO WENIGER WOLLTE ICH VON IHM GEHASST WERDEN.

WAS REDEST DU DA...?!
DASS DU EIN TOTAL ÜBLER KERL BIST...
... WUSSTE ICH DOCH LÄNGST!
ICH BIN EIFER-SÜCHTIG...
HA ...

KOMM MIT!
WAH ...!
ES WAR BLOSS MEINE EIFERSUCHT...
HASE HATTE GANZ RECHT...
NAOTO IST GEDULDIG...
HE...
HEY!
NICHT SCHON WIEDER!
... UND SIEHT ÜBER MEINE ÜBLEN EIGENSCHAFTEN HINWEG...
DOCH!
... ABER...
WAS ...?!
... ICH KANN IHN NOCH SO BEGEHREN...
ICH WERDE IHN NICHT KRIEGEN.

WARUM RENNST DU SO?
WIESO BIN ICH ES NICHT?
WIESO LEHNT ER MICH AB?
HEY...! IM ERNST, MANN...!
WO WILLST DU HIN?!
ICH WILL ZU TAICHI!
WENN EINER WIE NAOTO SICH IN MICH VERLIEBEN KÖNNTE ...
TAICHI...
SAG MAL ...
... WÜRDE SOGAR ICH...

WAS MAGST DU AN HASE EIGENTLICH? AUSSER SEINEM GESICHT ...?
SORRY, WENN ICH DAS SAGE, ABER ICH FINDE, ER IST EIN TOTALER LOSER!
EIN TOTALER LOSER, SAGST DU...?
HAHA ...
NA JA... AUCH DAS MAG ICH AN IHM!

ER KANN ÜBER WICHTIGE DINGE NICHT REDEN, LEIDET IMMER EINSAM UND IST TOTAL SCHWIERIG.
OB ER ES IN ZUKUNFT ZU IRGENDWAS BRINGT, IST AUCH UNGEWISS.
BIST EBEN DER GLEICHE LOSER ...
HALT DIE KLAP-PE!
LOSER UNTER SICH... AUCH NICHT SCHLECHT!
IHR PASST GUT ZUSAMMEN!
MANN...! DU NERVST RICHTIG!
...!
NAO!
...

NAO, ES TUT MIR LEID!
ICH HABE DIR ANGST GEMACHT UND DICH VERLETZT! IMMER UND IMMER WIEDER!
DAS TUT MIR SO LEID!
ABER ICH LIEBE DICH!

ICH KANN DICH…
ICH KANN DICH NICHT HÖREN …!
NAOTO!
ICH LIEBE DICH!

DAPP

ICH...
... LIEBE DICH AUCH.
WIE ...?!
MEINE GÜTE! ZWEI SCHWULE!
DER KERL DA...!
ER SIEHT AUS WIE DIESER MISTER S.-UNI, DER ABGEHAUEN IST!
KNIPS
HÄ...?
WAH ...!
GRAPP
DAS HIER IST KEINE SHOW, DU BLÖDE KUH!

WAS...?!
WAS GEHT DICH DAS AN...?
E-ER FÄLLT RUNTER!
SLIPP
AH!
ZASARA
WAAAH!
HEY! ALLES OKAY?!
TAICHI ...
ALLES OKAY?

JA, ALLES GUT.
WÄRST DU NICHT BESSER ZUR KRANKEN-STATION GEGANGEN?
ACH, ICH WOLLTE BLOSS RASCH WEG VON DER UNI...
AH, SCHON WIEDER FLIEHEN, WAS?
OH... MIKA BOMBAR-DIERT MICH MIT NACHRICH-TEN...
PING
PING
TOTAL IRRE, DIESES WHATSAPP ...
MACH EINFACH DEIN HANDY AUS.
SO WIE ICH.
DAS WÄRE ZU VIEL ...
GRAPS
JA...

DAS WOLLTE ICH IMMER MACHEN...
AUCH DRAUSSEN HAND IN HAND GEHEN UND DICH KÜSSEN...
ICH VERSTAND NIE SO GANZ, WARUM WIR DAS NICHT EINFACH TUN SOLLTEN, ABER...
... DA ICH AUCH NACH DEM ABSCHLUSS MIT DIR ZUSAMMEN-BLEIBEN WILL...
... UND MAN DA EBEN AUCH AN DIE ZUKUNFT UND DIE LEUTE UM SICH HERUM DENKEN MUSS...
... LEUCHTETE MIR IRGENDWIE EIN, DASS DAS NICHT SO KLUG WÄRE.
ES GENÜGT, WENN WIR ES TUN, WENN WIR UNTER UNS SIND, DACHTE ICH ERST...
DOCH DANN REICHTE MIR DAS NICHT MEHR.

TROTZ-DEM…
… HATTE ICH AUCH ANGST UND WOLLTE VON ANDEREN AKZEPTIERT WERDEN…
DARUM TAT ICH EINFACH, WAS ICH FÜR DAS BESTE FÜR UNS HIELT…
DOCH ICH DACHTE DABEI ZU SEHR AN DIE ZUKUNFT, HAB DICH ALLEIN GELASSEN…
… UND DICH, MEINEN WICHTIGSTEN MENSCHEN, VERLETZT…
MEINE PRIORI-TÄTEN WAREN FALSCH …
ICH HABE GRÜNDLICH NACHGEDACHT… ABER SORRY, ICH HALTE HIER MONOLOGE…
NEIN, ICH HABE DIR… DAS MIT NISHINA AUCH VER-SCHWIEGEN UND DICH VERLETZT.
DAS TUT MIR LEID.
JA, ABER ICH…
ACH, VER-DAMMT …!
NICHTS ALS ENTSCHUL-DIGUNGEN DIE GANZE ZEIT! SCHLUSS DAMIT!
STIMMT …

ABER WIR WOLLEN UNS EIN VERSPRE-CHEN GEBEN!
WENN EINER PROBLEME HAT, VERSCHWEIGT ER SIE DEM ANDEREN NICHT!
UND KEIN AUSWEICHEN MEHR!
ES IST HART, WENN DIE GELIEBTE PERSON EINEM AUS DEM WEG GEHT.
GNÜ
...
VER-SPRO-CHEN.
PRIMA. DANN HABEN WIR UNS ALSO VERSÖHNT!
JA.
UND AUS DIESEM ANLASS...
WOLLEN WIR DA REIN?
IRKS
WIE...?
ZOCK ZOCK
ZOCK
DIESER KUSS NACH SO LANGER ZEIT...
... HAT MICH TOTAL ANGETÖRNT.
ICH BIN NUN RICHTIG GEIL AUF SEX...
HIER WAREN WIR SCHON MAL! ES WAR TOLL!
NICHT DOCH!
HÄ?!
TAICHI!
HOTEL CU

DU MAGST MICH DOCH, ODER?
JA!
KLAR! KLAR MAG ICH DICH!
WAS MAGST DU AN MIR?
NA JA, DIE LISTE IST ENDLOS, ABER...
ÄHM, ALSO... ICH FINDE DICH SÜSS... UND...
ZOPP
NA DANN...
PSS
ZEIG ES MIR ...
KISS
MH... ♡
KISS
MH ...
MH!
KISS
HA...
KISS

MH...
KISS
LICK
LICK
FUH
...
SLUP
HA...
HA...
KISS
UH
...
MH
...
HA
...
SLUUU
GLUBS
NAO,
WARTE
...
MH
...
HAPP
MH
...
MH
...
NAO...
♥
KISS
MGH...
MH...
KISS
NAO...
GEHEN
WIR INS
BETT...
NEIN!
WAS...?
WIESO
NICHT?
GNÜÜÜ
MH
...
SLUP
FUH
...
WOPP
UAH!
GIEK

MH...
MH...
NAO ...
UH ...
MH? MMMH ...
FUH...
GIEK
MGH ...
AH...
HA!
MH...
HA!
MGH...
MH...
HA!
HA...
DAS IST... TOTAL IRRE...
ZUCK
AH ...
AH! ♥
ZUCK
AH! ♥
SLUP
GOB
GOBBA
GOBBA
HA ...
SUCK
AH...
JA, WEITER ...
SLOBBA
MH ...
GNÜ
GNÜ
MGH ...

AH...! ♥
GOBBA
ZUCK ♥
DAS IST ECHT ...
ZUCK ♥
... IRRE ...
SLOBBA
AAAH ...!
ICH KOMME GLEI...
GLITT
AHHH ...!
MH!
SUCK
ICH KOM-MEEEE ...!
SUCK
GOB
!!
SPLAAA
SPLISH
DRIP
...
GNNN
ZUCK
ZUCK
AH...
GLUBS
...
WIE...?
GLUBS
RUBS
RUBS
WAH! HAST DU ES GESCHLUCKT?!
JA...
KANN ICH IHN DIR NUN REINSTECKEN ...?
ÄHEMP
JA, ABER... HEY...
ES KOMMT DIR JA AUS DER NASE...
HEMP
JA, ES BRENNT, DASS MIR DIE TRÄNEN KOMMEN ...
KEIN WUNDER ...!
WIE SÜSS...!
ICH BIN SO GEIL, STECK IHN SCHNELL REIN! ♥
SWIFF
ERST ABWISCHEN!

MH ...
KISS
HA!
TAICHI... MACH END-LICH...
MH ...
KISS
GRAPS
AH ...
GLITT
GLITT
AH!
HA...
AH! ♥
ROMP
GLIBBER
NGAH ...!
MH ...
GNNN
AHHH ...
MH ...
MH ...
PAMM
KISS
MH ...
KISS
MGH... ♥
PAMM
MH ...
MH... AH...
MGH! ♥
PAMM
AH ...
MH ...
PAMM
NAO...
MH ...
SLUP
SLOBB
PAMM
HA ...
HA...
GLIMPS
GLIMPS
HNNNGH ...
PAMM
GRAB
GRAB

HA...
HA ...
HAAAH...

DAS WAR... EINFACH GROSS-ARTIG...
HM ...
FÜR DICH AUCH?
ICH DACHTE, ICH MÜSSTE STERBEN.
STERBEN BEIM SEX...?
WÜRDE GERN WEITERMACHEN, ABER ICH BIN MÜDE... OB MEINE ENERGIE NACHLÄSST...?
DU MEINST IN SACHEN SEX?
NA JA, HATTE ICH FRÜHER NICHT MEHR POWER?
HÄ? NEIN ...
HEY!
SAG MAL...
DU MEINTEST VORHIN... DU WILLST, DASS WIR VON ANDEREN AKZEPTIERT WERDEN...
JA...
ICH DENKE, ES IST UNMÖGLICH...
... DAS PLÖTZLICH VON ALLEN ZU ERWARTEN.
ZUNÄCHST MAL SOLLTEN WIR VERSTÄNDNIS VON DEN LEUTEN BEKOMMEN, DIE UNS WICHTIG SIND.

VON MEINER FAMILIE ZUM BEISPIEL…
TUBS
… ODER VON DEINEM VATER.
NACH DER REAKTION MEINER MUTTER…
… WOLLTE ICH MAL VORFÜHLEN, WIE MEIN VATER SO DRAUF IST…
…
HM?
SORRY, ABER…
… MIT MEINEM VATER HABE ICH BEREITS GESPROCHEN …
HÄ?!

VERSTEHE...
WAS HEISST „VERSTEHE"...?
ACH... NA JA...
ICH BIN ÜBERRASCHT, ABER...
... BISHER HABE ICH DIR NIE VÄTERLICHE RATSCHLÄGE GEGEBEN...
DARUM WERDE ICH DIR AUCH JETZT NICHT SAGEN, WIE DEIN LIEBESLEBEN AUSZUSEHEN HAT.
TAICHI, ES TUT MIR LEID...
DIE SACHE MIT DEINER MUTTER...
... UND ALLES ANDERE BISHER...

WENN IHR ZUSAMMEN-LEBEN WOLLT…
… WERDE ICH ALLES TUN, UM DICH ZU UNTER-STÜTZEN.
TU EINFACH, WAS DU FÜR RICHTIG HÄLTST.
UM DEINE MUTTER BRAUCHST DU DIR KEINE GEDANKEN ZU MACHEN.
…
ICH HATTE MEINEM VATER VON DEM TREFFEN MIT MEINER MUTTER ERZÄHLT.
UND EIGENTLICH WOLLTE ICH IHN AUCH…
… ZUM THEMA ADOPTION BEFRAGEN.

HEISST DAS...
ABER...
... DA ICH MIT DIR NOCH NICHT DARÜBER GESPROCHEN HATTE, WÄRE ES SINNLOS GEWESEN. DESHALB HAB ICH ES GELASSEN.
HM...
ADOPTION, SAGST DU...
SORRY, WENN ICH DA WAS ÜBERSTÜRZE ...
ACH, NA JA...
KÖNNTE ICH DEINEN VATER MAL TREFFEN?
JA, KLAR.
DANN SOLLTEN WIR DAS AUCH UMGEKEHRT MACHEN.
WAS ...?
DU TRIFFST MEINE FAMILIE.
DRÜCK

JA!
IST DOCH BESSER, WENN SICH ALLE TREFFEN!
SCH-SCHON, ABER…
WA-WARTE MAL, NAO…
WIESO?
WIESO…?
NA JA…
ICH SOLL DEINE …
HAST RECHT …
ICH WILL DEINE FAMILIE JA TREFFEN …
HEY, IST DAS SEIN ERNST?!
NAOTO HAT OFFENBAR SEIN HANDY ABGE-SCHALTET!

ICH WEISS NICHT MAL, WO ER IST!
WAS IST LOS MIT IHM...?
UND STELL DIR VOR...!
BEVOR ER UND HASE-KUN ZUSAMMEN VERSCHWUNDEN SIND...
... HABEN SIE SICH ANGEBLICH GEKÜSST!
SIND SIE DENN WIRKLICH ZUSAMMEN?!
DAS KANN DOCH NICHT WAHR SEIN!
SAG MAL, FUMI... WUSSTEST DU DAVON?
BITTE SAG NEIN!
...
ENDE

It's the Journey not the Destination 3

OGERETSU TANAKA

It's the Journey not the Destination 3

OGERETSU TANAKA

14TH
JOURNEY
IT'S THE JOURNEY NOT THE DESTINATION

WANN KANNST DU ZU UNS KOMMEN?
調製豆乳
DAS ÜBERLASSE ICH GANZ DIR.
BEI MEINEN ELTERN GINGE ES JEDERZEIT.
...
HEY? WAS MACHST DU FÜR EIN GESICHT?
ICH WEISS, DASS DEINE ELTERN ANDERS SIND ALS MEINE MUTTER...
UND ICH WÜRDE AUCH GERN MIT IHNEN REDEN... ABER MEINST DU WIRKLICH, DAS WÄRE FÜR DICH UND DEINE FAMILIE GUT...?

KLAR GIBT ES DEN SPRUCH „WAS ICH NICHT WEISS, MACHT MICH NICHT HEISS"…
DOCH ES WÜRDE MICH ERLEICHTERN, WENN SIE ES WÜSSTEN.
JA, ABER…
ICH MÖCHTE MIT DIR ZUSAMMEN SEIN…
… BIS WIR BEIDE ALTE OPAS SIND…
ICH MÖCHTE SEHEN, WIE DU FETT WIRST UND EINE GLATZE KRIEGST…
ABER DAZU KÖNNEN WIR NICHT BLOSS UNTER UNS BLEIBEN.
ICH WERDE NIE FETT WERDEN ODER EINE GLATZE KRIEGEN …
ES VERUNSICHERT MICH…
… MIT KOMISCHEN BLICKEN ANGESEHEN ZU WERDEN…
… UND UNNÖTIGE SCHULDGEFÜHLE ZU HABEN.
ICH WILL DAS NICHT.
…

UND WENN ES UM GROSSE THEMEN WIE ADOPTION GEHT…
… DANN SOLLTEN WIR WENIGSTENS MIT DEN LEUTEN DARÜBER REDEN, DIE UNS WICHTIG SIND.
…
BEI MEINEN ELTERN HÄTTEN AUCH PLAUSIBELSTE ERKLÄRUNGEN KEINEN SINN.
SO GUT KENNE ICH SIE BEREITS.
DAS GESPRÄCH MIT MEINER MUTTER…
… WAR BLOSS FRUSTRIEREND.
SIE HAT VATER UND MICH DAMALS EINFACH IM STICH GELASSEN…
… ALS WÄRE SIE DIE EINZIGE GEWESEN, DIE ES SCHWER HATTE.

SIE HAT EINE NEUE FAMILIE GEGRÜNDET, ALS WÄRE ES DAS NORMALSTE DER WELT...
ABER FÜR SIE WAR DAS EBEN NORMAL.
SIE HAT AUF UNS HE-RABGESEHEN!
DABEI WAR SIE ES, DIE UNS OHNE ZÖGERN DEN RÜCKEN GEKEHRT HAT...!
TAICHI ...
DASS ES OHNE ZÖGERN WAR, KANNST DU NICHT WISSEN.

は
HA
SORRY …
しょぼ
FRUUU
SCHON GUT…! ♥
LASS DEN KOPF NICHT HÄNGEN!
BEVOR ICH DEINE FAMILIE TREFFE…
… WILL ICH NOCH EIN VERNÜNFTIGES GESPRÄCH MIT MEINER MUTTER.
DU UND DEINE MUTTER UNTER VIER AUGEN?
JA.
…

ALLES KLAR.
DANKE…
DAS ERLEDIGE ICH GLEICH MORGEN.
MORGEN? SO BALD?
JE EHER, DESTO BESSER.
WÄRE LÄSTIG, AUCH NOCH ZUR UNI ZU MÜSSEN…
WENN DU DIR DAS GUT ÜBERLEGT HAST UND DAMIT KLARKOMMST, NUR ZU…!
ACH, MORGEN IST AUSSERDEM VORLESUNGSFREI WEGEN DES AUF-RÄUMENS NACH DEM FEST.

DIE UNI...
ZUM GLÜCK STEHT DER ABSCHLUSS KURZ BEVOR.
...
STIMMT.
GASCHA
HALLO ...
NAOTO! WILLKOMMEN ZU HAUSE! HÖR MAL...!
DEIN GROSSER BRUDER IST ECHT FIES!
JA, GENAU! ER WILL KEINE HOCHZEIT, SAGT ER!
ER DENKT BLOSS AN DIE KOSTEN!
PATAM
HAHA ...

MUSS KEIN GROSSES FEST SEIN, ABER EINE ZEREMONIE SOLLTE ES GEBEN!
STIMMT!
AUF NAO IST EBEN VERLASS! ♡
DOCH DER KERL DA WILL ERST ALT UND GRAU WERDEN!
ALSO, DAS ...
DU WIRST BEI DEINER HOCHZEIT NICHT GEIZEN, WAS, NAOTO?
OKAY, DANN UNTERSTÜTZE MICH!
KLACKA
MIESE RATTE!
JA, MELDE DICH, WENN DU BEI MIR PENNEN WILLST!
HM...
ICH HABE ZU TAICHI EINFACH SO GESAGT, ER SOLLE MEINE FAMILIE TREFFEN...
ABER NATÜRLICH SIND MEINE FAMILIE UND FREUNDE BLOSS GANZ NORMALE LEUTE.
GRAB
DIE REAKTION SEINER MUTTER WAR VIELLEICHT AUCH GANZ NORMAL.
NOM
NOM

DU WILLST DEINE MUTTER TREFFEN...?
WARUM DENN SCHON WIEDER...?
ICH DENKE NICHT, DASS SIE VERSTÄNDNIS FÜR DICH HAT.
DOCH ES GIBT DA WIRKLICH EINIGES, DAS ICH MIT IHR BESPRECHEN WILL.
IMMERHIN BIN ICH IHR SOHN.
TAICHI ...
DU HAST DICH VERÄNDERT...

JA, MAG SEIN...
ガチャ
GASCHA
TAICHI!
KOMM REIN!
HALLO, BRUDER ...
HALLO ...
TUT MIR LEID WEGEN NEULICH.
SCHON GUT.
GARAN
DAS WAR NICHT ALS ANGRIFF GEMEINT... ICH WILL BLOSS NICHT, DASS DU ES MAL SCHWER HAST...
ICH WEISS.

WIRKLICH? ICH DACHTE, DU HÄTTEST MICH MISSVER-STANDEN.
NA, DU...?
SMIII
WEISST DU, EINE FAMILIE IST WIE EIN WARMES NEST.
ICH WOLLTE IMMER, DASS DU DAS AUCH SO ERLEBST.
DAS WOLLTE ICH AUCH...
... ABER ICH WOLLTE ES MIT DIR UND PAPA ERLEBEN.
DOCH DIR WAR DAS NEST MIT PAPA UND MIR WOHL NICHT WARM GENUG.

AKARI… GEH MAL DA RÜBER, JA?
HÄ …?
LOS, GEH ENDLICH!
…
WAS BEDEUTET…
… DEINE JETZIGE FAMILIE FÜR DICH?
EI-EINE FAMILIE… DAS IST ETWAS…
… WO MAN SICH SICHER FÜHLT… ETWAS, OHNE DAS MAN NICHT LEBEN KANN!
MAN WILL SIE GLÜCKLICH MACHEN UND DURCH SIE GLÜCKLICH WERDEN!
SIE IST DAS GRÖSSTE GLÜCK, DAS NORMALE MENSCHEN ERREICHEN KÖNNEN.
NAOTO UND ICH EMPFINDEN DAS AUCH SO.

WO IST DA DER UNTERSCHIED?
DER UNTERSCHIED IST, DASS ZWEI MÄNNER…
… NICHT DAS GLÜCK ERFAHREN KÖNNEN, EIGENE KINDER GROSSZUZIEHEN!
PAMM
DU HATTEST MICH…
… UND BIST TROTZDEM NICHT GLÜCKLICH GEWORDEN.
…
UH …

ES TUT MIR SO LEID!
DU MUSST DICH NICHT ENTSCHULDIGEN.
ICH VERURTEILE DICH NICHT DAFÜR.
SIEH BLOSS ZU, DASS DU AKARI…
… ALLES RICHTIG BEIBRINGST…
…
DAS WERDE ICH.
ICH GEHE DANN MAL… SORRY WEGEN DER STÖRUNG…
GARAN
…

DU WILLST SCHON WIEDER KNUDDELN...?
UNVERBESSERLICHER JUNGE...!
PATAM
BRUDER!

WARTE!
TAP
TAP
WARTEEE ...!
TAP
TAP
WAS IST? HAB ICH WAS VERGESSEN?
ZIBBA
ZABBA
NEIN! HAST DU NICHT!
WO IST DEIN FREUND MIT DER BRILLE?
HEUTE BIN BLOSS ICH GEKOMMEN...
DANN ZEIG DEINEM FREUND MIT DER BRILLE BITTE DAS HIER!
WUPP
ES IST EIN GESCHENK FÜR EUCH BEIDE!
ZASA
DAS IST JA...
DANKE! ICH WERDE ES IHM ZEIGEN!
GUT!
SMIII

...
ER WIRD SICH AUCH FREUEN ...
JA, NICHT WAHR?
KOMMT IHR MAL WIEDER ZU BESUCH?
FALLS DU DAS AUCH NOCH WILLST...
... WENN DU ERWACHSEN BIST, WERDEN WIR DAS TUN.
JA! VERSPRO-CHEN?
VERSPRO-CHEN...

NAO, MEIN BRUDER…
WOLLEN WIR MORGEN SHOPPEN GEHEN?
FLOPS
IHR WOLLT SCHWÄNZEN?
FLÄZ
ICH HABE MORGEN FREI.
HAHA!
NA, PRIMA!
DANN SCHWÄNZE ICH UND WIR ZIEHEN MORGENS LOS!
NAMI! DU SOLLTEST NICHT SCHWÄNZEN!
…
LOS, SCHATZ! TRINK AUCH EIN GLAS!
HUCH! WAS DENN, WAS DENN …?
DAS WAR WOHL DER MANN IN MIR!
DIESE FRAU IST SO WUNDERSCHÖN! KAUM ZU GLAUBEN, DASS SIE MAL EIN MANN WAR!
GEGEN DIE STINKST DU MEGAMÄSSIG AB, SCHWESTER …
MIR WIRD HEISS, NAMI…
HÄ?
SO EINE SCHÖNHEIT KRIEGT BESTIMMT HAUFENWEISE JUNGS AB!
MEINST DU NICHT AUCH, BRUDER?
HÄ…? ACH… NA JA…
NAOTO STEHT AUF FRAUEN! SO WAS MAG ER NICHT!
WUPP

EGAL, WIE HÜBSCH, EIN MANN REIZT EBEN NICHT, WAS?
SCHÖNHEIT ALLEIN NÜTZT DA NICHTS…
ABER JETZT IST SIE DOCH EINE FRAU!
„JETZT" IST GUT…!
NA KLAR, MAN WÜRDE SIE NICHT FÜR EINEN MANN HALTEN, WENN MAN ES NICHT WÜSSTE.
WÄRE SIE EIN NO-GO FÜR DICH, BLOSS WEIL SIE MAL EIN MANN WAR?
NA JA, WEISST DU… ICH HABE DA IM INTERNET WAS GESEHEN…
DA HIESS ES, SCHWULE MÄNNER HÄTTEN EINEN GENETISCHEN FEHLER…
DIESE LEUTE KÖNNTEN GAR NICHT NORMAL WERDEN, SELBST WENN SIE ES WOLLTEN. DA WÄRE NICHTS ZU MACHEN…
EINE ART BIOLOGISCHER SONDERFALL EBEN…
ACH JA?!

UND WENN ICH SO WÄRE...
... WÄRE ICH FÜR DICH DANN AUCH SO EIN SON-DERFALL?
BLU BLU BLU BLU BLU
WAS...?

WA...
WARUM SIND ALLE SO ER-STARRT ...?
HÄÄÄÄÄ?!
WAU WAU WAU

NAOTO!
BOM
HEY, NAOTO!
BOM
BOM
BOM
HEY! ES TUT MIR LEID!
NAOTO! LOS, KOMM RAUS!
NAO! MACH AUF!
TSCHA
TSCHA
...
NERVIG...! ICH MACHE MAL LAUTER ...
...
KEINE AHNUNG, OB DAS BIOLOGISCH BEDINGT IST ODER WAS AUCH IMMER...
WIR SIND MENSCHEN ...
BNNNN
BLING
BNNNN
Anruf
Taichi Hase
Anruf
Automatische Nachricht
Abheben
Auflegen
... DIE ATMEN, ESSEN UND SCHLAFEN... WIE ALLE ANDEREN AUCH...

15TH
JOURNEY
IT'S THE JOURNEY NOT THE DESTINATION

HALLO …?
NAO?
HAST DU MEINE NACHRICHT AUF WHATSAPP GESEHEN?
HAB ES MIT DER ANGST GEKRIEGT UND DIE APP ERST MAL GELÖSCHT.
AH…
WIE… WAR ES HEUTE …?
ICH HABE MIT MEINER MUTTER GESPROCHEN, ABER… HM…
SIE WIRD ES EINFACH NIE AKZEPTIEREN…
ACH …
ICH WILL SIE NICHT MEHR SEHEN.
WIE…
WIESO NICHT?
WEIL ICH ES FÜR BESSER HALTE.
WEI-WEIL DU MIT MIR ZUSAMMEN BIST…?
NEIN, DAS IST ES NICHT…
SIE AKZEPTIERT EINFACH NICHTS, WAS VON DER NORM ABWEICHT.
VERSTEHE …

AUSSERDEM HAT MIR DAS GESPRÄCH MIT MEINER MUTTER NOCH GEZEIGT…
NAOTO?! MIT WEM SPRICHST DU?!
HEY!
NUN KOMM ENDLICH RAUS!
BOM
BOM
WAS …?
BOM
WIR MÜSSEN REDEN…!!
NAO, BIST DU BEI DIR ZU HAUSE?
BOM
NAOTO!
TJA, WEISST DU…
ALSO… ICH HATTE NICHT VOR, ES SO ZU MACHEN, ABER…
BOM
… ICH HABE MICH GERADE IRGENDWIE… GEOUTET… HEHE…
HÄ?!
WAS HEISST HIER „HEHE"?! WIE IST ES GELAUFEN?!
BOM
BOM
BOM
NAOTO!
GASCHA GASCHA
SEHR EXPLOSIV, WÜRDE ICH SAGEN …
ICH HAB MICH JETZT IN MEINEM ZIMMER VERSCHANZT, UND MEIN BRUDER STEHT SCHREIEND VOR DER TÜR.
KANN ICH ZU DIR KOMMEN?

WAS...?!
NA JA, DEINE FAMILIE WILL WOHL WISSEN, WER DEIN PARTNER IST.
GUT, ABER ...
... GEHT DAS DENN SO SPON-TAN?
FÜR MICH JA.
ICH BIN IN DREISSIG MINUTEN DA... WARTE AUF MICH!
...
OKAY, ICH WARTE...
FUH ...
TAP
GASCHA
WAH!
NAO...!
ER IST AUF DEM WEG.
HÄ ...?
DER KERL, MIT DEM ICH ZUSAMMEN BIN! ER KOMMT JETZT ZU UNS!

MAMA! PAPA! NAOTO HAT SEINEN LOVER HER-BESTELLT!
WIE...?! WIR HABEN GAR NICHTS ANZUBIE-TEN!
NAO! DAS KANN DOCH NICHT WAHR SEIN! ICH WILL DAS NICHT...!
HALT DIE KLAPPE ...!!
NUR HEREIN...!
ÄHM...

SORRY, DASS ICH NOCH SO SPÄT STÖRE...
MEIN NAME IST TAICHI HASE...
ÄHM... ICH BIN MIT NAOTO ...
WOW! SO EIN HÜBSCHER BURSCHE!
OH...
OH MANN...!
ECHT JETZT?
GLAAAA
NIMM PLATZ ...
DANKE ...
IHR GEHT JETZT IN EURE ZIMMER, KLAR?
HÄ...? WAS SOLL DAS HEISSEN?!
KEINE WIDERREDE!

HA...
ES IST ALSO HASE-KUN ...
WAS...? DU KENNST TAICHI, MAMA?
JA, ABER NUR FLÜCHTIG...
ER KAM MAL VORBEI, ALS DU BEI DER ARBEIT WARST...
IM ERNST ?!
SORRY. HATTE ES DIR VERSCHWIEGEN...
ER WOLLTE AUCH, DASS ICH DIR NICHTS DAVON SAGE!
WEIL ER MICH AUSGEFRAGT HAT, OB DU EINE FREUNDIN HÄTTEST UND SO...
...
AUCH DAFÜR ENTSCHULDIGE ICH MICH... WENN AUCH ETWAS SPÄT...
NAOTO UND ICH KENNEN UNS BEREITS SEIT DER ERSTEN OBERSTUFE...
WIR SIND ZWAR BEIDE MÄNNER, ABER...

ÄHM... HÄ? ALSO...
TAICHI... ÄH... DU MAGST... NUR MÄNNER ...?
BIBBER
BIBBER
DAS WEISS ICH NICHT. BISHER HABE ICH MICH NUR IN NAOTO VERLIEBT.
ACH...
WAS HEISST HIER „ACH"...?
NICHTS VERSCHÜT-TEN, PAPA...
A-ABER NAOTO... HATTE BISHER SCHON...
... EINIGE... FREUNDIN-NEN...
JA, DAS STIMMT.
DOCH FALLS DU DAMIT SAGEN WILLST, DASS ICH MICH HIER NUR IRRE, LIEGST DU FALSCH.
NEIN, DAS... ÄHEHE...
ABER...
ICH WOLLTE EUCH... HEUTE AUCH NOCH UM EURE MEINUNG BITTEN.
NAO ...
ICH...
... MÖCHTE MIT TAICHI GERN MEIN GANZES LEBEN VERBRINGEN.
HA
DARUM HATTE ICH AN ADOPTION GEDACHT.

I…
ICH WEISS, DAS IST KEINE LEICHTE SACHE…
… SO EINE ADOPTION…
ICH BIN DAGEGEN.

IHR BEIDE SEID ORDENTLICHE ERWACHSENE UND HÄTTET VOM GESETZ HER AUCH DAS RECHT, ABER...
... ALS MUTTER KANN ICH NICHT JEDES BELIEBIGE VORHABEN MEINES SOHNES, DER NOCH NICHT MAL IM ARBEITSLEBEN STEHT, GUTHEISSEN.
WIESO DENKT IHR AN EINE ADOPTION?
IST ES NICHT VIELLEICHT AUS UNSICHERHEIT?
FALLS IHR ES NUR AUS FURCHT TUT, ZU ZWEIT ALLEIN ZU SEIN...
... SAGE ICH GANZ ENTSCHIEDEN NEIN.
WENN IHR ES TÄTET UND DANN EINE FAMILIE WÄRT...
... WÜRDET IHR VON DEN LEUTEN AUF DER STRASSE BÖSE BLICKE UND UNVERSTÄNDNIS ERNTEN.
BEVOR NICHT JEDER VON EUCH ALLEIN MIT SOLCHEN BLICKEN KLARKOMMT...
... HÄTTE DAS KEINEN SINN.

SOLLTE EINE ADOPTION NICHT DIE LETZTE KRÖNUNG SEIN?
WIE WÄR'S, WENN IHR SIE ERST INS AUGE FASST, WENN IHR GANZ SELBSTSTÄNDIG SEID...
... UND GELASSENER DAMIT UMGEHT, WAS AUCH IMMER ANDERE SAGEN?
MAMA...
ABER... NA JA...
ICH WOLLTE BLOSS, DASS IHR BEIDE MEINE MEINUNG ALS NAOTOS MUTTER KENNT.
ICH SAGE NICHT, DASS IHR SIE BEFOLGEN MÜSST.

WENN IHR ES TROTZDEM TUN WOLLT...
... BIN ICH ZWAR DAGEGEN, WERDE EUCH ABER NICHT DARAN HINDERN.
WAS AUCH PASSIERT, PAPA UND ICH...
... WERDEN IMMER DEINE ELTERN SEIN. DARAN ÄNDERT SICH NICHTS.
WIR BLEIBEN EINE FAMILIE.
IHR SOLLT EINFACH NUR WISSEN, WIE ICH DARÜBER DENKE.
VERSTEHE ...
TAICHI ...
WAS MICH ANGEHT... ICH WAR UNSICHER UND FRUS-TRIERT...
WIR SIND AUS REINER LIEBE ZUSAMMEN UND TROTZDEM ...
... HÖRE ICH IMMER WIEDER, ES SEI FALSCH ODER ABARTIG.

DAS MÜSSEN WIR ERTRAGEN, SONST KÖNNTEN WIR NICHT ZUSAMMEN SEIN.
OBWOHL ES OFFENSICHTLICH IST, DASS WIR UNS LIEBEN…
… PASSEN WIR EINFACH NICHT IN DAS SCHEMA DER LEUTE…
… WEIL WIR EBEN NICHT „NORMAL" SIND.
MEINE ELTERN SIND GETRENNT, ICH LEBE BEI MEINEM VATER, ABER…
… ALS ICH MIT MEINER MUTTER DARÜBER SPRACH, MEINTE SIE…
… SIE WOLLE FÜR MICH DIE WÄRME EINER NORMALEN FAMILIE…
… UND DASS MÄNNER UNTER SICH DIESE WOHL NICHT ERZEUGEN KÖNNTEN…
DOCH FÜR MICH…
… BEDEUTET ES DAS ALLERHÖCHSTE GLÜCK, WENN ICH MIT NAOTO ZUSAMMEN BIN.
GNÜ

NICHT DOCH…!
DU BIST DOCH VIEL ZU SCHADE FÜR NAOTO!
HEY, HEY!
AH, TAICHI-KUN! TRINKST DU ALKOHOL?
JA.
WAS?! DU WILLST IHM ALKOHOL GEBEN?
DARAUS KÖNNTE EINE LANGE BEZIEHUNG UND VIELLEICHT EINE FAMILIE WERDEN!
ALSO TRINKEN WIR JETZT MAL AUF GUTE FREUNDSCHAFT! NA LOS…!

J...
JA...
GAAA
TA-TA-TA-TAICHI?!
HÄ? HÄ?
DU HAST NOCH NICHT GETRUNKEN, TAICHI-KUN!
HÄ ...?
WAH...! WENN IHR TRINKT, WILL ICH AUCH ...!
ICH AUCH!
GASCHA
IHR SOLLT IN EURE ZIMMER GEHEN, HAB ICH GESAGT!

WAH...!
DER HÜBSCHE BURSCHE WEINT... HEY, MAMA!
HÖRT AUF, IHN FERTIGZUMACHEN!
ER IST TROTZDEM HÜBSCH!
WAH...! ♥
ICH WAR ECHT ERSTAUNT!
DASS DU MAL WEINST, KOMMT SELTEN VOR!
TJA...
HAST GANZ ROTE AUGEN!
WIE EIN HÄSCHEN! SÜSS!
WAS REDEST DU DA?
WUPP
ÜBRIGENS... WENN EIN MANN ÜBER ZWEI JAHRE KEINEN SEX HAT, WIRD SEIN PIMMEL WIEDER JUNGFRÄULICH! WUSSTEST DU DAS?
WIR HABEN DOCH SEX.
ABER ES MUSS...
... MIT SCHLEIMHAUTKONTAKT SEIN.
PLAPPER
DEN GIBT ES DOCH – IN MEINEM MUND ETWA...
IN DEINEM MUND...
...
HM...
SCHLUSS MIT DEM THEMA, MIR WIRD ENG IN DER HOSE...
OBWOHL... NA JA...

DANKE!
EIN BIER!
HEY!
BITTE SEHR…
BLA
BLA
BLA
KU
BLA
QUATSCH…
IM ERNST?
AHAHAHA!
ECHT?!
BNNN
BNNN
Anruf
Mika
Anruf
Auflegen
WIE …?
AH!!
GATA
SORRY! MUSS MAL TELEFONIEREN!
HA-HALLO? MIKA?
WA-WAS GIBT'S …?
NA, VIEL GLÜCK!
KENNST DU NAOTOS ADRESSE?!
HÄ?!
GARA
WAS IST DENN LOS…?
ICH KENNE DEN WEG BIS ZUR STATION MOYORI, DA BIN ICH NUN…
… DOCH WEITER WEISS ICH NICHT…
NA JA, ICH WAR AUCH NUR EINMAL BEI IHM…
SEINE ADRESSE KENNE ICH NICHT, ABER…
DANN SAG MIR, WIE DIE GEGEND UNGEFÄHR AUSSIEHT!
ÄHM… ALSO…

KLACKA
KANN DAS NICHT WARTEN, BIS DU NAOTO WIEDER AN DER UNI SIEHST?
NEIN.
KLACKA
ICH WILL MIT IHM REDEN! UND ICH HAB SO EINIGE FRAGEN!
UND ES MUSS SOFORT SEIN!
ICH HALTE ES EINFACH NICHT MEHR AUS! HAB DA VON LEUTEN, DIE IHN KAUM KENNEN, GERÜCHTE GEHÖRT!
ÄHM… ICH ERINNERE MICH NUR DUNKEL AN EINEN PARK…
JA?!
EIN EINFAMI-LIENHAUS HINTER DEM PARK, GLAUBE ICH…
DANKE! CIAO!
BIB
WAS…?
…
AUFGELEGT …

SORRY... DA BIN ICH WIEDER ...
HEY!
WAS GUCKST DU DA?
NAOTOS INSTAGRAM?
AH... SAG MAL, YU... IHR WART DOCH GUT BEFREUNDET, ODER?
WIRD ES BEI DER NÄCHSTEN BEGEGNUNG DANN NICHT PEINLICH SEIN?
NEIN, WIESO ...?
WOW...! STARK VON DIR...
AUF INSTA WIRKT ALLES NORMAL...
AH...
UND GUT BEFREUNDET SIND WIR IMMER NOCH!
WENN DU SO DAHER-REDEST...
... WERDE ICH ECHT SAUER, SORRY...

SAAAしーーーん…。
...
...
...
HA HA...
HAAAAH...
HA...
HAAAAH...
HAAAAH...

DA
DA
DA
DA
HA ...
HA ...
HA ...
UND WAS IST MIT DER UNI MORGEN ...?
HM ...
HA ...
NAOTO ...!
HÄ...?
HAAAAH ...
HAAAH ...
HAAAAH ...
ÄHM...
HAAAAH ...
MI-MIKA...?

MIKA…?
HAAAH… FUUUH…
FUUUH…
WIESO BIST DU…
?!
UH…
WAS HAT DAS ZU BEDEUTEN …?!
…!!!
RAAAH!!
WIE …?!
WAS SOLL DAS?! HÄ…?!

TUT MIR LEID, MIKA… ALLES IN ORDNUNG?
MIR TUT ES LEID… WEGEN DES SPONTANEN ÜBERFALLS …
ABER ICH HABE DICH WEDER TELEFONISCH NOCH PER WHATSAPP ERREICHT…
ICH HABE DIE APP GELÖSCHT.
WAS?!
STATION
酒・たばこ
銀行ATM
HIER, TEE MIT MILCH.
…
DANKE.
ICH HABE VON ANDEREN FREUNDEN ÜBER DIE SACHE BEIM FEST GEHÖRT…
ES KLANG, ALS OB IHR BEIDE ZUSAMMEN WÄRT…
ICH HABE FUMI GEFRAGT, DOCH SIE WOLLTE NICHTS RAUSLASSEN…
… OBWOHL ICH DAS GEFÜHL HATTE, DASS SIE ETWAS WEISS…
NUR ICH HABE… VON NICHTS EINE AHNUNG…

SORRY, MIKA…
ES STIMMT.
WIR SIND SEIT DEM ERSTEN JAHR AN DER UNI ZUSAMMEN…
… HABEN ES ABER VERSCHWIEGEN.
ICH HATTE NICHT DIE BEFÜRCHTUNG, DASS DU UNS VERACHTEN WÜRDEST…
ICH WOLLTE BLOSS NICHT ÜBERVORSICHTIG BEHANDELT WERDEN…
WAS?! DAS IST DOCH QUATSCH!
„ÜBERVORSICHTIG"! WAS SOLL DAS HEISSEN?!
ES KOMMT DOCH OFT VOR, DASS FREUNDE ZU PAAREN WERDEN!

NAOTO… ICH DACHTE, WIR WÄREN VERTRAUTE …
ICH HÄTTE NOCH NIE EINEN SO GUTEN MÄNNLICHEN FREUND.
DIR KONNTE ICH DINGE ANVERTRAUEN, DIE ICH NICHT MAL FREUNDINNEN WIE FUMI SAGEN KONNTE.
ICH WOLLTE DIR IMMER EINE EBENSO GUTE FREUNDIN SEIN…
… ABER DU…
DAS WAR UNFAIR…
MIKA…
HÄTTE ICH DAS GEWUSST…
… HÄTTE ICH DICH NICHT DAUERND ZU DIESEN KUPPELPARTYS VERDONNERT!
ICH HÄTTE YURIKO NICHT DEINE NUMMER GEGEBEN UND SIE NOCH ERMUNTERT …!
ICH HÄTTE NICHT JEDE WOCHE VORGESCHLAGEN, ZU ZWEIT IN DEN KLUB ZU GEHEN, SONDERN HÄTTE HASE-KUN AUCH EINGELADEN!
UND ICH HÄTTE NICHT STUR VERSUCHT, DICH UND YURIKO IN EIN SETTING ZU ZWEIT ZU KRIEGEN!
BAAAAM

ICH WAR TOTAL UNSENSIBEL! DAS KANN NICHT WAHR SEIN…!
ICH MUSS DICH FURCHTBAR GENERVT HABEN!
WER IST YURIKO?
HEY, HEY!
HÄ?
HÄ?
HABEN UNS KURZ GESCHRIEBEN.
ICH KENNE NICHT MAL IHRE STIMME.
UND DANN NOCH…
… DIE SACHE MIT FUMI…
FUMI HABE ICH ES VON MIR AUS ERZÄHLT.
ÄHM… SCHLIESSLICH KANNTE ICH JA IHRE GEFÜHLE…
FÜR SIE WAR ES SICHER AUCH SCHWER, ES DIR NICHT SAGEN ZU DÜRFEN.
DAS… WEISS ICH…
WIRST DU NUN NICHT MEHR ZUR UNI KOMMEN?

…
NAO…
HABE JETZT NUR NOCH SEMINARE. DAS IST ANGENEHM!
SOLANGE ICH DEN ABSCHLUSS NICHT HABE, MUSS ICH HIN!
KLAR KOMME ICH!
SO WIE IMMER!
AUSSERDEM WÄRE ES NACH VIER JAHREN FREUNDSCHAFT ECHT ÜBEL…
… SICH HIER EINFACH SO FÜR IMMER ZU VERABSCHIEDEN! ES WÄRE TRAURIG!
STIMMT…
HEY! ICH WILL ABER AUCH NACH DEM ABSCHLUSS ZUSAMMEN WAS TRINKEN GEHEN!
AH, HASE-KUN! KEINE SORGE! ICH LADE IHN NICHT MEHR ZU KUPPELPARTYS EIN!
…
BERUHI-GEND…
NA JA, BEI DIR MUSS MAN SICH DA KEINE SORGEN MACHEN, EHER BEI HASE-KUN…
ALSO… ICH WEISS NICHT…
WAS…?

DU WEISST NICHT…? ABER ER IST DOCH DER ATTRAKTIVERE!
AHAHA!
HEY, HEY! NUN KOMM MIR NICHT SO!
MIT DEM GESICHT KANN ER VIELLEICHT JETZT PUNKTEN, ABER DRAUSSEN IM LEBEN ZÄHLEN KOMMUNIKATIVE FÄHIGKEITEN!
BLING
DAS HEISST, KÜNFTIG WERDE ICH DER ATTRAKTIVERE SEIN!
HASE-KUN, HÖRST DU, WAS DEIN FREUND DA SAGT?
ACH, SCHON GUT…
WIE BITTE?!
ÜBRIGENS, MIKA… ICH SEHE DICH HEUTE ZUM ERSTEN MAL UNGE-SCHMINKT.
HABE DICH ANFANGS GAR NICHT ERKANNT!
IRKS
WAH!
HÄ?! ICH KNALLE DIR GLEICH EINE!!
SCHON GUT…
SORRY…
WAH!

MIKA...
DANKE...
OKAY, LASST UNS MIT FUMI ZU VIERT WAS TRINKEN GEHEN!
JETZT GLEICH!
KANN SIE DENN SOFORT KOMMEN?
TYPISCH...! ♡
FLOTT UNTER-WEGS...!

PROOOST...!!
KLONK
HEUTE BEREITS MEIN SIEBTES „PROST"! ♡
HEY, NAOTO! PENNST DU NUN EIN, ODER WAS?!
HACH... MIKA...!
BLA
BLA
WAH!
WAH!
HEY! WIE BEGANN EURE LOVE-STORY? ERZÄHL MAL!
DA GIBT'S NICHTS ZU ERZÄHLEN...
GUT. KANN ICH EUCH DANN DIE VON MIR UND MEINEM EX ERZÄHLEN?
IRKS
DIE HAB ICH SCHON ZWANZIGMAL GEHÖRT ...
HASE-KUN, ALLES IN ORDNUNG?
JA, ALLES OKAY... IRGENDWIE...
... WAR DA SO VIELES... UND VIELES WIRD NOCH AUF UNS ZUKOMMEN, ABER...
... ICH BIN GERADE TOTAL HAPPY... IST DAS KOMISCH?

NEIN, IST ES NICHT!
ICH FREUE MICH AUCH RIESIG!
WAS...? HASE-KUN, DU STRAHLST HEUTE RICHTIG! ECHT SÜSS! UND INTERESSANT!
WAH...!
INTE-RESSANT?
WIE...?
GLIII
GLIII
KLAR, IST DOCH EINE SELTENHEIT ...
WAH!
GUT, LEUTE! TEQUILA?
WAH!
JA, JA, TEQUILA!
MUSS ES IMMER SO AUSARTEN, MIKA?!
FUH...
WAH!
WAH!

HAAAH... HAB GANZ SCHÖN GESOFFEN ...
MH...
HEY...! GEH ORDENTLICH!
NAOTO LÄSST ECHT KAUM WAS RAUS, NICHT WAHR?
ICH DAGEGEN PLAPPERE IMMER GLEICH DRAUFLOS!
IRKS
DU REDEST ECHT ZU VIEL, MIKA...
ACH JA?
ABER WEISST DU...
ICH MUSSTE MICH MIT NAOTO VERSÖHNEN!
ÄHEHE!
ICH KÖNNTE IHN SONST SPÄTER NICHT BITTEN, MIR BEIM UMZUG ZU HELFEN!
...
MIKA, ES TUT MIR LEID...
... DASS ICH DIR NICHTS VON DEN BEIDEN SAGEN DURFTE...
TJA, WAR EBEN SO.
DOCH WENN MICH JEMAND BITTET, DIR ETWAS NICHT ZU SAGEN, DANN REDE ICH AUCH NICHT MIT ANDEREN LEUTEN DARÜBER.

…
ICH…
… HATTE BEREITS SEIT LANGEM DIE NÄHE ZWISCHEN DEN BEIDEN BEOBACHTET…
… UND AUS ANGST, SIE KÖNNTEN AUFFLIEGEN, DARÜBER GESPROCHEN…
DANACH HABE ICH ES BEREUT…
ICH HÄTTE SO GERN MEHR ÜBER DIE ZWEI GEWUSST UND MEHR MIT IHNEN GEREDET…
… ABER ICH DACHTE, FRAGEN WÄREN IHNEN WOHL UNANGENEHM.
DU DAGEGEN HAST KEIN PROBLEM, GANZ OFFEN FRAGEN ÜBER DIE BEZIEHUNG ZU STELLEN.
ICH HABE WOHL IMMER, OHNE ES ZU MERKEN…
… ZWISCHEN MIR UND ANDEREN MENSCHEN EINE ART GRENZE GEZOGEN…
HÄ…?
DAS KLINGT IRGENDWIE… KOMPLIZIERT …

HEUTE MEINTE SOGAR HASE-KUN, ER SEI TOTAL HAPPY!
ALLES IST GUT, WIE ES IST…! ALSO BLOSS NICHT ZU KOMPLIZIERT DENKEN!
DU HAST RECHT.
JA, DU HAST GANZ RECHT!
ICH DENKE IMMER ZU LANGE NACH… ICH BIN ZWAR NICHT MEHR IN HASE-KUN VERKNALLT…
… DOCH ER WIRD FÜR MICH WOHL DOCH IMMER WAS BESONDERES SEIN…
DAS SAGEN WIR BESSER NICHT DEINEM FREUND!
BLOSS NICHT!
UND NAOTO BESSER AUCH NICHT…
DEM NOCH VIEL WENIGER!

くる.
SPIN
くる…
SPIN

ぱたん…
PATAN
ENDE

It's the Journey not the Destination 3

OGERETSU TANAKA

FINAL
JOURNEY
IT'S THE JOURNEY NOT
THE DESTINATION

TAICHI!
SORRY! BIN SPÄT DRAN!
SCHON GUT.
HATTE DEN BERICHT NOCH NICHT FERTIG…
HAST DU'S GE-SCHAFFT?
MIT KNAPPER NOT…
DA! DA SIND SIE!
HEY…
DIE BEIDEN, DIE MAMI GESEHEN HAT…
ECHT?
… DA BEIM SCHUL-FEST…

NAO…
ES IST ALLES IN ORDNUNG.
NICHT WAHR?
AH…! DA SIND SIE, DA SIND SIE!

DIE ZWEI, DIE IHRE NACHRICHTEN NIE LESEN!!
WAH!
UND? NOCH VERKATERT?
HEY!
SEID IHR NUN WIEDER BEI WHATSAPP?!
WEIL WIR UNS GESORGT HABEN, SCHULDET IHR UNS EIN MITTAG-ESSEN!
EIN MITTAG-ESSEN?! NA JA... OKAY...
GENAU! EINFACH VOM FEST ZU VERSCHWINDEN UND NICHT MAL BEIM AUFRÄUMEN ZU HELFEN ...!
ICH WILL EINE GROSSE PORTION KOTELETT MIT CURRY UND KÄSE!
UND ICH WILL... EINTOPF...! ♡
SE-SEXY...
WAS?
WIR HABEN AUCH NOCH KEINEN GENAUEN PLAN FÜR UNSEREN ABSCHLUSS-TRIP!
ALLE MÜSSEN MIT!

GUT. BESTELLT EUCH, WAS IHR WOLLT!
YU UND MIKA, IHR KÖNNTET EUCH EIN ZIMMER TEILEN…
PRIMA!
HÄ?!
ALSO… ÄH… ECHT NICHT …?
WORAN DU SCHON WIEDER DENKST …!
ICH HÄTTE NICHTS DAGEGEN…
HASE-KUN…
KOMMST DU NICHT MIT?
LOS, KOMM MIT!

* Scharfe chin. Nudelsuppe.

FUH…
TAICHI, BIN GANZ DURCHEIN-ANDER…
WAS WAR NÄCHSTEN FREITAG? SEMINAR?
JA, UNSER SEMINAR.
ALSO DANN…! MAN SIEHT SICH!
JA!
CIAO!
NAO…
HM?
DU HATTEST GERADE MAL 36 YEN* BEI DIR…
WAH! ICH GEBE DIR DAS GELD ZURÜCK! EHRLICH!
PFFF… LASS ES GUT SEIN. VERGISS ES…
MIR HAT'S SPASS GEMACHT.

* Ca. 27 Cent.

ACH ... MIST! HAB VERGESSEN, DIE SEMINARARBEIT ABZUGEBEN!
OKAY!
BIN GLEICH WIEDER ZURÜCK!
WAS...? KOMMT BEI DIR EHER SELTEN VOR...
WUPP
WIE SCHÖN, DASS IHR NUN WIEDER VERSÖHNT SEID...!
WAH?!!
NICHT SO LAUT! LANGE NICHT GESEHEN...
ST...
STIMMT...

EUCH STEHEN AUCH SO NOCH GENUG SCHWIERIG-KEITEN BEVOR…
ABER… NA JA… IHR KOMMT KLAR, DENKE ICH…
ÄRGERLICH…
WIESO ÄRGERLICH?
ICH BIN DER TYP, DER LEUTEN KEIN GLÜCK WÜNSCHEN KANN.
SCHLIMM, WAS?
SAG MAL, NISHINA… WANN ARBEITEST DU WIEDER …?
ICH HABE GEKÜN-DIGT.
DAS GAST-STÄTTEN-GEWERBE IST NICHT MEIN DING.
DAS MERKST DU ERST JETZT?!
AHAHA!
BIST ECHT EIN LUSTIGER BURSCHE!

HÖR AUF...
... MICH SO ANZULACHEN...
HÄ?
SONST KANN ICH NIE VON DIR LASSEN.
WIE...? WAS...?
FÜR DICH.

HÄ? DAS...?
DU SCHENKST MIR DEINE BILDER...?
JA.
VORSICHT BEIM ANSEHEN.
OKAY!
DANKE! DARF ICH GLEICH REINGU-CKEN?
BESSER SPÄTER. ALSO DANN...!
ACH, ÜBRIGENS ...!
WILLST DU MAL MIT UNS ALLEN WAS TRINKEN GEHEN?
...
NEIN.
WIESO NICHT?!
O...
OKAY, OKAY! MAN SIEHT SICH.

JA, BIS DANN!
くしゃ…
SWIFF

NAO!

BIN WIEDER DA...
HÄ? WAS IST DAS?
ICH HABE GERADE NISHINA GETROFFEN ...
...
NEIN, NICHT, WAS DU DENKST!
ER HAT MIR BLOSS DAS HIER GEGEBEN.
EIN ZEICHEN-HEFT?
JA.
LASS ES UNS ZU HAUSE ZUSAMMEN ANSEHEN.
OKAY...
HEY ...
WARTE, WARTE!
STOPP!

WIR WOLLTEN DOCH ZUSAMMEN DUSCHEN!
DAS KÖNNEN WIR HINTERHER IMMER NOCH.
NA JA... STIMMT AUCH WIEDER ...
KISS
KISS
FUH...
SWIFF
SWIFF
SLUP
MH...
FUH...
MH...
MH... HA...
WAS ...?
MMMH ...♥
GLAAA
HEY... NAO?
WIR SIND HIER IM FLUR.
SMIII
にや~♥
BLOSS KEINE LAUTEN GERÄUSCHE, KLAR?

AH...
NGH ...
MH ...
KRAUL
UH ...
GOB
...
KRAUL
SUCK
AH!
NAO ...
HEY, TAICHI! LEISE, HAB ICH GESAGT!
FUAH...
DU WEISST JA...
HEY, ICH KRIEGE IHN NICHT SO TIEF REIN WIE DU...
DARF ICH MAL BEI DIR...?
DAMIT ICH WAS LERNE...!
PRIMA! ♥
QUATSCH, DU IDIOT!
HA ...
GIEK
HA...
HA...

MH!
AH ...!
MH! ♥
GRAPP
FUH ...
MGH ...
AHHH... ♥
O MANN ...!
SUCK
HA...
HAAAAH ...
DAS IST IRRE GEIL...
HA ...
MH ...
AHHH! ♥
AH ...! ♥
GOB
GOB
SUCK
BIBBER
STECK IHN REIN... DANN IST ES FÜR UNS BEIDE GUT...
MANN ...!
WIESO KANNST DU NUR SO GUT BLASEN...?
HA ... HAAAAH ...
AH...! NICHT! ICH KOMME GLEICH!
STECK IHN REIN, TAICHI!
STECK IHN... ... REIN ...
ZUCK
ZUCK ♥
SUCK
MGH ...
SUCK
HA ...

MH…
GUT, NAO… SETZ DICH AUF MICH…
GIEK
HEY, HEY…
GIII
WENN ICH MICH SELBST BEWEGEN MUSS, WERDE ICH GLEICH MÜDE…
HA… BIN ICH NICHT ZU SCHWER?
JA… UND DU BIST SCHWER …
ACH JA?
GNÜÜÜ
AH…!
MH …
GLITT
AH! ♥
MH…
MGH! ♥
DRIBB
ZUCK
ZUCK ♥
HAAAH… HAAAH… UH…
FÜHLT SICH IRRE AN… DA DRIN…
HA …
HAAAH …
VIELLEICHT DOCH LIEBER VON VORN…
… SODASS ICH MICH BEWEGE?
!
GRAB

!
GNÜÜÜ
NEI-NEIN!
LASS MICH NICHT LOS…
TAICHI …
GNÜÜÜ
HAAAAH …
UAH!
ROLL
HA…
MH… AH!
WA…
GIEK
HAAAAH …
BLING
BLING
ICH WERDE DICH NIEMALS LOSLASSEN.

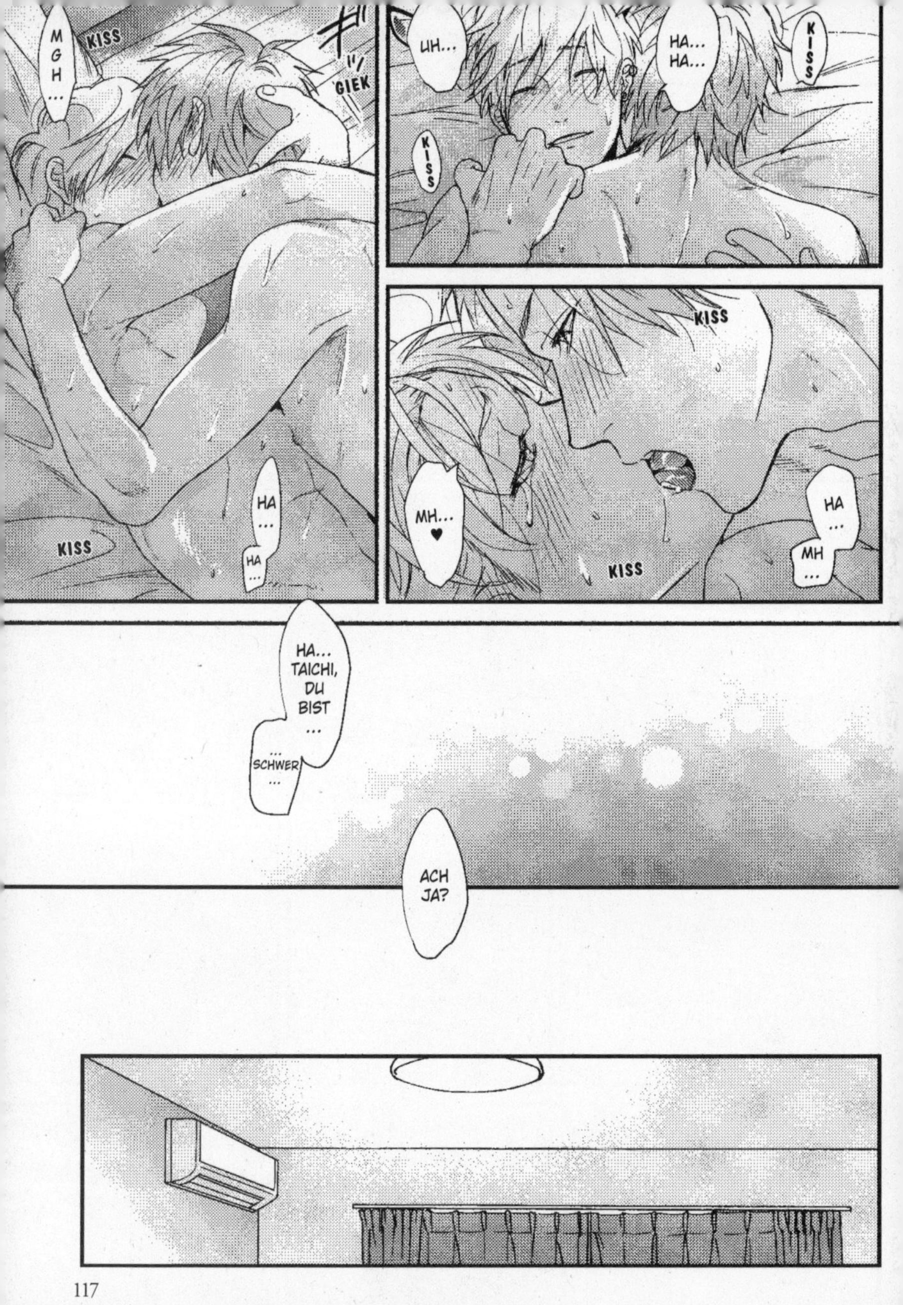

KISS
HA... HA...
UH...
KISS
KISS
HA... MH...
MH... ♥
KISS
GIEK
KISS
MGH...
HA...
HA...
KISS
HA... TAICHI, DU BIST ...
... SCHWER ...
ACH JA?

WAH!
WAHNSINN …!
LAUTER GUTE BILDER VON DIR…
… ABER…
WOPP
JA, BIN DARAUF ZIEMLICH ATTRAKTIV, WAS?
… DER ECHTE NAO IST NOCH SÜSSER!
DU!!
FLAP

NISHINA MEINTE, DASS WIR KLARKOMMEN WÜRDEN IN ZUKUNFT…
HÄ? VERSTEHT SICH DOCH VON SELBST, ABER…
NA JA… ALSO…
HM?
ICH WERDE DICH AUF JEDEN FALL GLÜCKLICH MACHEN…
… DOCH IM HINBLICK AUF DIE ANDEREN LEUTE GLEICHZEITIG AUCH UNGLÜCKLICH, DENKE ICH.
DAS GEHT FÜR MICH KLAR.
WIE…?

MIR IST BEIDES RECHT, SOLANGE WIR ZUSAMMEN SIND.
EIN LEBEN MIT DIR BEDEUTET EBEN GENAU DAS.

WIR WERDEN IMMER WIEDER STREITEN UND UNS VERSÖHNEN UND SO ZUSAMMEN ALT WERDEN.
IM STREITEN UND VERSÖHNEN SIND WIR IMMERHIN PROFIS.
NAO...
HEY...! ICH HABE GERADE RIESIGE LUST AUF EIS! LASS UND WELCHES KAUFEN GEHEN!
HÄ?! JETZT ?!

MANN...! DAS HABEN WIR LANGE NICHT GEMACHT...
GIII
IST AUCH NIRGENDS POLIZEI IN SICHT?
NEIN, ICH DENKE NICHT.
GIII
HAB WOHL ZU WENIG LUFT IN DEN REIFEN ...
ECHT? HALT DURCH!
GIII
GIII
DU WILLST EIS... OBWOHL ES SCHON SO KALT IST...
GIII
BEI KÄLTE KRIEGE ICH NOCH MEHR LUST DRAUF!
ACH...
WAS MACHST DU DIESES JAHR SILVESTER?
JETZT BEREITS DIE FRAGE? IST DOCH NOCH LANGE HIN...
GIII
DAS KOMMT SCHNELLER, ALS DU DENKST!
ICH HABE ABER GENUG VON IRGENDWELCHEN EVENTS...
GIII
DANN KOMM DOCH EINFACH ZU UNS.

MEIN VATER KRIEGT GUTES FLEISCH AUS SEINEM HEIMATORT, DAS WIR ZUSAMMEN ESSEN WOLLEN…
DU MAGST FLEISCH DOCH SO GERN, ODER?
PAAA
WAS…? DARF ICH…?
JA, ICH KOMME!
JA, ICH LIEBE FLEISCH! HAT BEI MIR RANG A5! ♥
KEINE AHNUNG, WAS A5 SEIN SOLL…
GIII
HEY, WIR BEIDE AUF EINEM RAD, DAS WECKT ERINNERUNGEN!
HAHA! JA, IN DER OBERSTUFE SIND WIR SO MAL AM MEER GEWESEN!
GIII
IRRE …
HAST DU LUST? AUFS MEER…?
HÄ?
LOS, WIR FAHREN MIT DEM FAHRRAD HIN!
WIE…? WOHER DER PLÖTZLICHE ENERGIESCHUB?
DAS IST DOCH TOTAL WEIT…!
ZURÜCK KÖNNEN WIR JA WIEDER DEN BUS NEHMEN!
TRET
HÄ…?!
HEY, HEY! WARTE MAL…!

WAS IST...?

WAS IST LOS, NAO?
DU DENKST BESTIMMT, DASS WIR'S NICHT SCHAFFEN, ODER?

NEIN ...
ICH DACHTE EBEN, DAS KÖNNTEN WIR SCHAFFEN!

It's the Journey not the Destination 3

OGERETSU TANAKA

It's the Journey not the Destination 3

OGERETSU TANAKA

GLAAA
SPECIAL
JOURNEY
IT'S THE JOURNEY NOT THE DESTINATION
WIR HATTEN STREIT.

DABEI WAR ES EIGENTLICH EINE SCHÖNE IDEE, ZUM UNIABSCHLUSS EINEN ONSEN-TRIP ZU MACHEN…
…
…
BEIM ANIME-GUCKEN IM ZUG KONNTEN WIR UNS NICHT EINIGEN, WELCHEN WIR UNS ALS NÄCHSTEN ANSEHEN SOLLTEN…
DER VON EBEN HAT NOCH EINE FORTSET-ZUNG!
ICH WILL ABER DEN MIT DEM AFFEN-BABY!
AFFEN?! HÄ?!
FÄLLT MIR DENN ECHT NICHTS BESSERES EIN…?
WOW!!

IST JA RIESIG!
HERZLICH WILLKOMMEN!
WAH! WIRKLICH WUNDERSCHÖN HIER!
IHR ZIMMER IST IM SEPARATEN GÄSTEHAUS.
SEPARATES GÄSTEHAUS?
ES IST DAS HIER...
WOOOW ...!!
GARA
WAHNSINN! EIN FREILUFTBECKEN!
GLEICH DAHINTER! TOTAL IRRE, WAS, TAICHI?!
ALSO... DIESE RESERVIERUNG...
WUPP

...
ACH, HATTE DEN STREIT GANZ VERGESSEN...
GRM
JA...
SMI
SMI
GANZ SCHÖN RIESIG ...
DU GUCKST, ALS WÄRST DU DIR NICHT SICHER...
NEIN... ICH FINDE DICH BLOSS SÜSS...
ACH, HALT DIE KLAPPE!
SORRY WEGEN VORHIN...
IRKS
LOS, VERSÖHNEN WIR UNS!

* Traditionelle jap. Süßspeisen.

WO-WOLLEN WIR ES GETRENNT VONEINANDER BENUTZEN?
ブフォッ PFFFF
WIESO?!
WEIL DU DOCH NUR SEX IM SINN HAST! UND WIR WÄREN HIER IM FREIEN!
HÄ?!
NA UND?! HIER IST WEIT UND BREIT NIE-MAND!
GAAA
...
HA-HAST DU ETWA BLOSS DESHALB DAS ABSEITS GELEGENE ZIMMER GEBUCHT...?
...!
HÄ?

DU BIST ECHT SCHLAU …!!
SCHLAUER TAICHI…! WOFÜR DENN SONST DAS ZIMMER IM NEBENHAUS, WAS?!
JAWOHL! NA KLAR…!
J-JA…
WUSSA
ワシャ
WUSSA
ワシャ
ICH FREUE MICH SCHON RIESIG!
KANN'S KAUM ERWARTEN …
ICH AUCH…
WARUM SO PEINLICH BERÜHRT?! LOS, ESSEN WIR DAS TONKIN!
KINTON!

AHHHH...
EINE WOHLTAT ...
HÖRST DICH AN WIE EIN ALTER OPA!
ICH KANN NICHT ANDERS ...
DAS ZIMMER HAT ÜBRIGENS AUCH NOCH EIN GROSSES BAD!
TJA, WIR HATTEN WOHL GLÜCK, WEIL GERADE NEBENSAISON IST.
FLUUU
EIN GROSSES BAD IST GUT...!
NICHT WAHR?!
SPLISH
UAH!
NAO!
NUN HAB ICH WASSER IM AU...

... GE ... MGH ...
NOCH EINMAL...!
HAHA...
BLUSH
WAS WOLLEN WIR JETZT MACHEN ...?
GARA
WOW!
SO GROSS!
!

SCHADE...! DAS MUSS WOHL WARTEN...
ばしゃ
PLISH
GRM
HEY, TAICHI! SO EINEN TROCKNER WOLLTE ICH SCHON IMMER!
カララ
GARARA
...
ちゅっ
SMUUU
ぶ
DOMPS
MH ?!
HEY...
MH ...
MH ...
HA...
MH...
UH... MH...
HA ...
MH ...
HA...
HA ...
HAAAH...

LOS... NOCH MAL...
HA...
...
SPÄTER... ABER DANN BIS ZUM UMFALLEN...
DUUU...
...
TAICHI! WARTE!
HAAAH... DIE KRABBEN WAREN EIN GEDICHT!
JA, SUPER-LECKER!
OH NEIN, ICH SCHLAFE GLEICH EIN...
DAS WIRST DU NICHT!
AHAHA! NEIN, KEINE SORGE!

HM… ALSO… WEISST DU…
… IN DEM KIMONO SIEHST DU ECHT SEXY AUS…
IRKS
!
HAB ICH MIR BEIM ESSEN DIE GANZE ZEIT GEDACHT…
WIE…? LASS DIE KOMISCHE ANMACHE…!
IST FAST WIE COSPLAY…
HALT DIE KLAPPE!
DIR WIRD LEICHT KALT. DARUM TRÄGST DU SONST IMMER MEHRERE SCHICHTEN…
SO EINEN ANBLICK BEKOMME ICH BEI DIR SELTEN…
DAS DING LÄSST SICH AUCH LEICHT AUSZIEHEN…
…
する
SLUFF

UMGE-KEHRT ABER AUCH!
ZROFF
LOS, SCHNELL INS FREILUFT-BECKEN!
HÄ? NAO, WARTE...!
ERST DEN KIMONO AUSZIEHEN!
KISS
OKAY...
UND DIE BRILLE RUNTER...
...

ACHTUNG, NAO! NICHT STOL-PERN!
NEIN...
TUT IRRE GUT...
GWOOO
WAH! ZIEMLICH HEISS!
WIE VIEL GRAD DAS WOHL HAT?
PFFF...
GNÜÜÜ
HAHA... IST ECHT EXTREM HEISS...
MIR WIRD GLEICH SCHWINDELIG...
DAFÜR IST ES NOCH ZU FRÜH!

HA...
MH...
KISS
MH ...
KISS
HAAAH ...
KISS
FUH ...
FUH ...
FUH ...
ちゃぷ…
PLITSCH
MH...
KISS
KISS
HAAAH... FUH...
MH?
HA... HA...
SWIFF
NAO...
DREH DICH UM...
KISS
AH... OKAY...
ちゃぷん…
PLITSCH
MH...
AH...
HEY...
ZWIP
ZUCK

MH ...
AH ...
HA ...
LICK
RUBS
RUBS
RUBS
UH ...
MH ...
AH...
HA...
ZUCK
DAS IST... ECHT IRRE...
ZUCK
AH ...!
GNÜÜÜ
UH...
ZUCK
UH ...
GLITT
IRKS
!!

BLUBB
AH ...!
UH...
ZUCK
GLITT
ZUCK
GLITT
GLITT
TAICHI!
NICHT! DA KOMMT WASSER REIN!
AH... SORRY ...
AH!
PLITSCH
IST ES SO BES-SER?
NICHT ZU KALT?
KISS
KISS
AH?
HEY ...
ZUCK
GLITT
HA ...
GLITT
UH...
HAAAH ...
PLITSCH
IRGEND-WIE...
... FÜHLT SICH DEIN KÖRPER HEISSER AN ALS SONST...
ZUCK
ZOPP
MH!
UH...

DARF ICH DICH LECKEN?
HA ...
JA... KISS
KISS
GUT. LEG DIE HÄNDE HIERHIN ...
GLITT
GLITT
HA ...
HA ...
PLITSCH
MH ...
PLITSCH
NICHT DEHNEN!
UAH!
HAB ICH DOCH DIE GANZE ZEIT GETAN!
FUH ...
TIPS
AH...
MH...
KISS
SLOBBA
UH... UH...
AH...
ZUCK
AH... NI...
...CHT...
NGH ...
HA ...
ZUCK
AH...
♥
AH! ♥
ICH BIN BIS ZU DEN SCHULTERN IM HEISSEN WASSER, MIR WIRD SCHWUMMRIG!
HA!
DU MUSST MICH NICHT BIS ZUM UMFALLEN LECKEN!

MIR IST SCHON ETWAS KALT. NUN KÖNNTE ICH DICH BEDIENEN!
WAS...? OKAY ...
DU MEINST SO, DASS DU AUCH BIS ZU DEN SCHULTERN IM WASSER BIST?
JA! GENAU!
ICH WILL TIEFER INS WASSER.
RUTSCH NOCH ETWAS RUNTER.
...
ZURURU
SUCK
MH...
MH...
UH...
GOBBA
MGH ...
GOBB
PLITSCH
HA...
PLITSCH
HAAAAH ...
ZUCK ♥
SUCK
GOBBA
MH ...
FUAH...
ECHT SÜSS, WIE DU ZUCKST...
LICK ♥
UH...
ZUCK
ZUCK ♥
HAAAH ...
HA!
RUBS
RUBS
RUBS

ICH KANN NICHT ANDERS ...
HEY, DU KÖNNTEST IHN MIR JETZT REINSTE-CKEN! ♡
TIPS
NAO, WÄRE ES NICHT LEICHTER VON HINTEN?
ZUCK
GRAPS
GNNN
HM, BEIM ERSTEN MAL JA...
DANN LEG ICH MAL LOS...
HA ...
WOPP
GRAPS
AH!
HA ...
AH... AH!
PLITSCH
ZUCK
UH ...
HA ...
SPLATT
AAAAAH ...!
STOPP
AH... WAHN-SINN...!
DRIBB
DU BIST AUCH DA DRIN GANZ AUFGEHEIZT...
DRIBB

ZUCK
PAMM
AHHH...!
HA...
ZUCK
MH...
AH!
MGH! ♡
PAMM
OH NEIN ...
ICH GLAUBE ...
GLITT
FUH... AAAAH... ♡
HA ...
SPLATT
AH... UH...
HA ...
HAAAH ...
GLITT
ICH KOMME GLEICH...
AH!
HÄ?!
SPLATT
HEY...
NAO... DARF ICH DABEI...
... DEIN GESICHT SEHEN?
HÄ?
WAS ...?
AH...
SPLISH
HA

DODOM
DODOM
ICH DENKE...
... ICH WILL...
... AUCH DEINES SEHEN...
NAO...
DU BIST SÜSS ...
SAG, WENN ES WEHTUT.
ZUP
ぬぷ…
AH...
HA ...
A-ALLES OKAY... ♥
ZUCK
GURURU
HAAAH...
HNGH ...!
BIBBER
HA... AH... ♥
BIBBER

NAO...!
AH...!
PAMM
AH...! AH...
PAMM
AH! ♥
NGH... UH...
PAMM
UAH ...
UH... ♥
HA... AH...
FUH... MH...
KISS
KISS
GRAPS
GLITT
MH! ♥
MH ...
NGH ...
PLITSCH
GLITT

HA... FUH...
ぱんっ
AH!
PAMM
HA...
HAAAH...
TA... ICHI... ♥
PAMM
PAMM
AH! ♥
PAMM
GAH!
UH...
HA...
ピク
ZUCK
ピクン♥
ZUCK
MGH... ♥
PLITSCH
ちゃぷん...
HAAAH...
くちゅ...
GLITT
GLUUU
ズルル...
UAH!
MH!
HAAAH...
HAAAH... NAO...

HA... TAICHI...
SWIFF
HM...?
HA!
GNÜÜÜ
MH... ♥
KISS
MH ... NGH ...
KISS
MH ...
FUH... ♥
PLITSCH
AH! ♥
TAI... CHI...
SPLISH
SPLISH
ZUCK
ZUCK
AH ...!
HA... AH...

ZIWITT
GLAAA
GLAAA
...
BLIP
MH...

TAICHI ...?
IRKS
WAS... MACHST DU DA...?
もぞ
ZASA
WIESO BIST DU...
HEY, WIESO HAST DU MICH NICHT GEWECKT?
ふぁ〜
GUAAAH
SORRY, SORRY... ICH MUSS DIR ETWAS ZEIGEN...
OH! WAS DENN...?
HÄ...?

DAS HIER HAT AKARI-CHAN FÜR UNS GEZEICHNET.
WAH! IM ERNST?!
DICH UND MICH? WIE SÜSS!
JA!
DAS FREUT MICH.

JA …
SWIFF
FUH…
NAO …
GUTEN MORGEN! WELCHEN FISCH WÜNSCHEN SIE ZUM FRÜHSTÜCK: KAISERBARSCH ODER MAKRELE?
TOCK
TOCK
WUPP
AH! JA! GU-GUTEN MORGEN!
ALSO… ALSO, ICH NEHME DEN BAISER-KARSCH!
KAISER-BARSCH!
ENDE

It's the Journey not the Destination 3

OGERETSU TANAKA

NACHWORT

LONG TIME NO SEE! HIER IST OGERETSU TANAKA!

VIELEN DANK, DASS IHR EUCH FÜR DEN DRITTEN BAND VON „IT'S THE JOURNEY NOT THE DESTINATION" ENTSCHIEDEN HABT! IN DER LANGEN GESCHICHTE DER BEIDEN STECKEN FÜR MICH SO VIELE GEDANKEN UND ERINNERUNGEN, DASS ICH MICH ECHT GEEHRT FÜHLE, WENN IHR DIE BÄNDE SAMMELT.

FÜR MICH VERKÖRPERT TAICHI ALLES, WAS MAN SICH VON EINEM DOMINANTEN PART WÜNSCHT, ABER ES IST (ZUNÄCHST MAL) VORSICHT GEBOTEN, SONST WIRD ER IM RAUSCH DER LEIDENSCHAFT NOCH ZUM MONSTER!

BEI NAOTO HABE ICH EBENFALLS MEINEN PERSÖNLICHEN GESCHMACK EINFLIESSEN LASSEN. DARUM KONNTE ICH BEI DIESEM VERGLEICHSWEISE LANGEN WERK BIS ZUM SCHLUSS MIT EINER LEBENDIGEN FRISCHE ARBEITEN.

ICH HÄTTE ÜBRIGENS AUCH NISHINA GERN GLÜCKLICH GEMACHT...!

NOCHMALS VIELEN DANK, DASS IHR DIESER SERIE EINE CHANCE GEGEBEN HABT! ICH WERDE MICH WEITER FÜR EUCH BEMÜHEN!

HERZLICHEN DANK AUCH DEN LEUTEN VON LIBRE, MEINEM REDAKTEUR, DEN DESIGNERN UND MEINER GESAMTEN LESERSCHAFT! ICH WÜRDE MICH SEHR ÜBER EIN WIEDERSEHEN FREUEN!

SUTOPPU!

**Koko wa kono manga no owari dayo.
Hantaigawa kara yomihajimete ne!
Dewa omatase shimashita!
Tanoshii hitotoki wo dozo!**

Egmont Manga Chiimu

STOPP!

**Das ist der Schluss des Mangas.
Fangt bitte am anderen Ende an!
Und nun genug der Vorrede,
viel Spaß beim Lesen!**

Euer Egmont Manga Team

„It's the journey not the destination" von Ogeretsu Tanaka
Aus dem Japanischen von Monika Hammond
Originaltitel: „Escape Journey" Vol. 03

Originalausgabe:
Escape Journey 3 © Ogeretsu Tanaka 2018
Originally Published in Japan in 2018 by Libre Inc. Tokyo.
German translation rights arranged with Libre Inc. Tokyo,
through TOHAN CORPORATION, Tokyo.

1. Auflage

Verantwortliche Redakteurin: Katharina Altreuther
Textbearbeitung: Ulrike Marotz
Koordination: Manuela Rudolph
Printed in the EU
Redaktion: Etsche Hoffmann-Mahler
Gestaltung: Esther Strunck
ISBN 978-3-7704-9594-8

www.egmont-manga.de
Unsere Bücher findest du im Buch- und Fachhandel und auf

EGMONT Shop

www.egmont-shop.de